EAUCLAIR

Les Horizontales

BIBLIOTHÈQUE EUROPÉENNE

2bis, Rue des Ecoles, 2bis

PARIS

1885

Prix, 1 fr. 50

LES HORIZONTALES

DU MÊME AUTEUR :

L'Éternelle chanson, volume in-18.

SOUS PRESSE :

Pichenettes.

La Symphonie des Vieilles Guitares.

Aurélien Scholl

Henri Beauclair

LES

HORIZONTALES

Et le vent, soupirant sous le frais sycomore
Allait tout parfumé, de Sodome à Gomorrhe.
Victor Hugo (*Orientales*).

PARIS

LIBRAIRIE EUROPÉENNE

21, AVENUE DES GOBELINS

1885

LES FEUX DU CIEL DE LIT

> Et le vent, soupirant sous le frais sycomore,
> Allait, tout parfumé, de Sodome à Gomorrhe !
>
> V. Hugo. *Orientales.*

I

Or, le calme du soir et l'ombre étant venus,
Comme au ciel scintillait l'Etoile de Vénus,
    Paris, prince de la Débauche,
S'étendit sur son lit de velours et cria :
— Fini le sérieux ! Toi, viens, Luxuria,
    Compagne fidèle, à ma gauche !

Luxuria s'assis auprès du vieux Paris.
— Hé bien! Luxuria, tu n'as donc rien appris
            De neuf? Toujours même rengaîne
Et nous allons encore, ainsi que chaque nuit,
Boire au même flacon? Vraiment, un soir d'ennui,
            J'irai me jeter dans la Seine!

— Ah! vous ne savez pas goûter votre bonheur,
Répondit sa compagne. Il est vrai, doux seigneur,
            Que la rose est toujours la rose,
Pourtant depuis qu'Adam avec Ève a rêvé,
Malgré toute recherche, on n'a pas mieux trouvé,
            Et c'est toujours la même chose!

— Sufficit! dit Paris : d'ailleurs, je suis dispos,
C'est la loi que le loup dévore les troupeaux
            De moutons, dans la plaine immense!
A moi loup, les beautés brebis! — Luxuria
Se levant, souleva les rideaux et cria :
            — Vivat! que la fête commence! —

                    II

Alors, un défilé superbe commença,
Et sous le ciel de lit, tout entier il passa.

III

Elles trottinent, par groupes,
Joyeuses, folles, le soir,
Tortillant leurs maigres croupes,
Encombrant tout le trottoir.
Elles sortent des passages,
Plumes en apprentissages
Ou bien fleurs — à moitié sages,
Et ne demandant qu'à choir.

Blanchisseuses et cousettes,
Elles trottent, elles vont,
Tout en faisant des risettes.
Sur le boulevard profond
Elles trottent et sur elles,
Peu craintives tourterelles,
Le vautour aux noires ailes,
Paillard, vieux ou jeune, fond !

Or une large voix du fond du lit venue :
— Bravo, Luxuria ! ça va bien, continue !

IV

Des fiacres. Il en vint à ne plus les compter.
Alors Luxuria dans l'ombre fit monter
      Toutes les femmes adultères.
D'aucunes, en tremblant, franchissaient les degrès,
Pâles, avec des yeux de fièvres dévorés,
      D'autres, avec des airs austères.

Tout y passa, la goule ardente, au corps de feu,
L'épouse langoureuse au front pur, à l'œil bleu,
      Qui pèche en disant ses prières !
Des femmes de trente ans, divines, ô Balzac !
D'autres,—ôh! monstrueux !—qui n'avaient pas le sac
      Pour leurs dettes de couturières !

— Fichtre ! cria Paris, ça va de mieux en mieux,
Mais, maintenant, il faut nous servir du joyeux !

V

Et, par une portière à demi-soulevée
Entrèrent des clameurs folles, et les accords

Cascadeurs et vibrants de l'Évohé d'Orphée.
L'alcôve reçut une avalanche de corps !

Toute la confrérie
Qui rôtit le balai,
Dames de brasserie
Et du corps de ballet,

Petites cabotines
Et chanteuses des chœurs,
Celles dont les bottines
Ecrasent tant de cœurs,

Prima donna l.Divettes,
Les étoiles qu'on sert,
Pour chanter les fauvettes,
Dans tout café concert.

Les belles qui ne filent
Pas plus que les lys blancs
Et, chaque soir, défilent
En quête de galants.

Entrent avec furie
Dans l'alcôve au complet,
Toute la confrérie
Fait flamber le balai !

VI

Minuit sonnait alors, et de l'alcôve claire
Montaient des pleurs de joie et des cris de colère.
La Folie érotique étreignait les cerveaux,
Et les lèvres cherchaient, par des baisers nouveaux,
A calmer un instant l'ardeur des fièvres chaudes,
Les bras entrelacés, marquises et ribaudes,
Cousettes et catins, sous le commandement
Superbe et triomphal de Paris, doucement
Se mirent à danser la valse lesbienne.

— Ça va bien, dit Paris, quelle joie est la mienne !
Et Paris était las, pourtant, et son archet
A marquer la cadence, à son côté penchait.

Les valseuses, avec leurs paupières mi-closes,
En passant, effeuillaient, le long du lit, des roses.
Leur grâce était sans force et leur sourire vain.
Or, Paris fit venir, pour lui verser du vin,
Voulant redoubler ses étreintes fatiguées,
De pâles jeunes gens aux hanches disloquées,

Et, dans l'alcôve où gît l'hystérique Paris,
Terribles, sont partis à l'instant de grands cris :

« Encor ! Luxuria ! je suis très à mon aise ! »

Toute la vieille garde entra dans la fournaise !

LA NASSE

> Les Turcs ont passé là.
>
> (V. Hugo. *Orientales*

Koning a passé là. — C'est parfaitement clair,
Une écœurante odeur de marée emplit l'air
    Sur le boulevard Poissonnière :
Cela sort du Gymnase et de son corridor,
Où l'on peut voir Koning nager dans des flots d'or,
    Vingt dédits dans son aumônière !

Tout est désert. — On fait le vide autour de lui.
Seule, une enfant, dont l'œil noir et profond reluit,
      Approche Koning et l'affronte.
Elle va, court et rit, et cela sans trembler.
Mais, pour ne point la voir et ne point lui parler,
      Marais descend quand Lina *Monte*.

« Ah ! dit Bébé, voyant Marais plein de souci,
Frère, quelle douleur peut transformer ainsi
      Celui que l'esprit illumine ?
Tu sais des calembours ! et seul, à l'Odéon,
Jadis tu déridais Duquesnel, ô Léon !
      Pourquoi fais-tu si triste mine ?

N'es-tu pas le premier de nos jeunes premiers ?
N'as-tu pas, à Saint-Flour ainsi qu'à Coulommiers,
      Ému la femme du notaire ?
Ne reçois-tu donc pas tous les soirs des poulets ?
Veinard ! Dis ? et n'aurais-tu pas, si tu voulais,
      Toutes les belles de la terre ?

Ta renommée est grande et l'on parle de toi.
Ton portrait, entre ceux de Valtesse et du Roy,

Se voit à tous les étalages,
Plus d'une, en passant, dit : Comme il est distingué !
Et ce refrain s'entend : J'aime Marais, ô gué !
    Dans Paris et dans les villages

Et je te trouve triste ? Eh quoi ! tout te sourit :
L'amour et la beauté, sans compter ton esprit,
    Et la gloire avec ses cymbales ;
Que veux-tu donc de plus sans paraître exigeant ?
« — Ami, répond Marais, as-tu beaucoup d'argent ?
    Je veux soixante mille balles ! »

LA DOULEUR DE MOUMOUTE

> Qu'a donc l'ombre d'Allah ?
> V. Hugo, *Orientales.*

Qu'a Moumoute, aujourd'hui ? disait son entourage ;
Elle est triste, elle n'a pas de cœur à l'ouvrage.
Elle ne veut point voir son large canapé.
Aurait-elle perdu ses valeurs à la Bourse?
— On a vu le Jourdain remonter vers sa source. —
Pourquoi ce front préoccupé ?

3

Qu'a la belle, ce soir ? que sa porte est fermée,
Disaient les boudinés, la prunelle allumée ;
Il paraît qu'elle est sombre et pleure abondamment.
Ceux qu'elle ruina lui cherchent-ils querelle ?
Les spectres blancs des fous, qui moururent pour elle,
Sont-ils venus danser dans son appartement ?

Qu'a-t-elle ? demandait sa compagne fidèle ;
Celui qu'elle préfère a-t-il donc fait fi d'elle ?
Dans ses beaux cheveux noirs vit-elle des fils blancs ?
Qui la peut égaler dans l'une et l'autre garde ?
Elle est éblouissante et, tout Paris regarde,
          En tremblant, ses grands yeux troublants !

Qu'a Vénus ? s'exclamait un poète lyrique :
Pourquoi ce deuil, pourquoi cet air mélancolique ?
A-t-elle lu des vers de monsieur Legouvé ?
Quel nuage est venu troubler ce ciel d'opale ?
Sa paupière est bien rouge et son front est bien pâle !
Et tous cherchent. Hélas ! aucun d'eux n'a trouvé.

Si la belle qui fait dresser toutes les têtes
A, depuis trois longs jours, abandonné les fêtes

Et les bals, et le lac, et ses plus chers travaux ;
Ce n'est pas qu'elle ait vu diminuer sa rente.
Un protecteur s'en va qu'il en arrive trente,
    Tous pleins d'ardeurs et tous rivaux !

Son chéri ne l'a pas encore abandonné.
Non, celui qu'elle dore a, toute la journée
Murmuré les propos les plus tendres, en vain !
L'argent ne tache pas sa chevelure noire
La lyre et le pinceau disent partout sa gloire ;
On vient de la mouler, en cire, pour Grévin !

Ce ne sont pas, non plus, des figures funèbres
Qui, brillant dans sa chambre au milieu des ténèbres,
Ont laissé dans son âme un terrible remord.
Elle n'a jamais lu Legouvé, — même en rêve. —
— Pourquoi cette douleur qui l'obsède, sans trève ?
    — Son bichon de Havane est mort ! —

LA FORTUNE PERDUE

Allah ! qui me rendra ma redoutable armée !
V. Hugo. — *Orientales.*

Vénus ! qui me rendra ma grande renommée,
Ma chevelure d'or et ma taille d'almée ?
Mon hôtel et ma chambre éblouissante à voir,
Où, la nuit, s'allumaient des feux au fond de l'ombre,
Où, de ducs et de rois vint défiler un nombre
          Que moi-même ne puis savoir ?

Qui me rendra mes grooms aux splendides livrées ?
Et mes laquais, couverts de pelisses fourrées,
Mes cochers, galonnés comme des généraux ?
Mes marmitons, sortis des fameuses cuisines,
Dont les bisques et les salmis de bécassines
Relevaient le courage abattu des héros ?

Tous ces vaillants, à l'œil de flamme, à l'âme forte,
Qui, chacun à son tour, avaient franchi ma porte,
Quoi ? je ne verrai plus en persillant au Bois
Leurs troupes, par le temps, hélas ! diminuées,
Derrière mon landau s'ébattre par nuées,
        A l'épatement des bourgeois ?

Les voilà tous partis, leurs cœurs brûlent pour d'autres,
Tous, pendant quarante ans, firent les bons apôtres,
Achetant par de l'or le droit de m'approcher !
Tous partis ! Les bijoux ont pris la même route,
Ma beauté, mes appas ! Hélas ! quelle déroute !
Vénus ! je n'ai plus même un lit où me coucher !

Vénus ! qui me rendra ma grande renommée ?
Ma chevelure d'or est blanche et clairsemée ;

Je n'ai plus de logis et suis sur le pavé !
Quoi ? soupirants, amants, des quatre coins du monde,
Leurs présents, leurs amours, ô misère profonde !
            C'est comme si j'avais rêvé !

Ainsi parlait Gora le soir de sa défaite.
Elle n'était vraiment pas du tout à la fête,
Pearl, et des pleurs perlaient dans ses yeux meurtriers.
Rêveuse, elle songeait au retour de Cythère.
Près d'elle, son bidet du pied frappait la terre,
Un bidet maigre et nu, dépourvu d'étriers !

TROTTINETTE

Comme elle court !
V. Hugo, *Orientales*.

Elle trotte, voyez, le long des boulevards,
Sa robe chiffonnée a des froufrous bavards,
Elle s'arrête aux devantures,
Donnant quelques regards aux bijoux, aux chapeaux,
Elle est de celles qui cheminent, sans repos,
A la recherche d'aventures.

Oh ! quand son œil vous fixe, on est vite perdu !
Pour résister, il faut avoir de la vertu
       Ou le vide en son escarcelle ;
L'œil de Donato fait le contraire du sien,
Elle réveillerait un académicien !
       Gare à celui qu'elle harcèle !

Certes, le vieux Lévy, banquier juif du Marais,
La rencontrant le soir quand il prenait le frais,
       A fait souvent le malhonnête.
Bien vite, il oubliait sa folie ? Hélas ! non.
Car il a fait ce rêve extravagant, sans nom,
       Avoir le cœur de Trottinette !

Oui, ce juif, pour avoir, à lui, ce cœur, oh ! tel
Est son désir, il eût donné petit hôtel,
       Chevaux, voitures, écuries,
Et laquais, et cochers, et grooms, et cætera,
Avant-scène aux Français et loge à l'Opéra,
       Et des coffrets de pierreries !

Il eût donné les clefs de tous ses coffres-forts.
Et si, touchée enfin par de pareils efforts,

Trottinette avait dit : Espère !
S'il l'eût fallu, devant l'univers étonné,
Oh ! pour avoir ce cœur, il eût vendu, donné,
Le prépuce de son grand'père !

Ce n'est point un banquier, c'est un mec à l'œil noir
Qui tient ce cœur, et s'est fait payer pour l'avoir,
Car il sait le prix des conquêtes !
Un mec est un gaillard qui n'a rien des chapons,
Au visage encadré d'une casquette à ponts,
Et de soyeuses rouflaquettes !

GABRIELLE

> Si je n'étais captive.
>
> (VICTOR HUGO, *Orientales*)

S'il n'était pas malade
J'aimerais mon mari,
Je l'aurais, mièvre et fade,
Choyé, payé, nourri ;
Si, remède bien sombre
A tous ses maux sans nombre,
N'étincelait dans l'ombre
L'acier du bistouri.

Avant mon mariage,
Que j'étais belle à voir !..
J'étais heureuse, sage,
Pure comme un miroir.
Chez moi, les gentilshommes
Sortis des hautes gommes,
Pour de très fortes sommes,
Venaient causer le soir.

Pourtant, j'aime la vie
Douce du pot-au-feu.
J'étais déjà ravie
De la tâter un peu :
J'avais mon anti-type,
Mais ce gueux, sans principe,
Souffre fort d'une... grippe.
— Il m'en a fait l'aveu, —

Je ne suis pas si bête,
O toi l'élu, i, ni,
C'est fini ! plus de fête,
Ai-je dit, c'est fini !

J'en jure par ma bouche,
Ton cas est vraiment louche !
— Et de ma noble couche
Je l'ai vite banni !

Illusions éteintes,
Que ne vous ai-je encor !
Ah ! belles nos étreintes
Quand nous étions d'accord !
Je n'étais jamais lasse
De baisers... Dans l'espace,
Vénus ! Quelle ombre passe ?
Le spectre de Ricord !

LA CUEILLETTE

Allez, allez, ô jeunes filles,
Cueillir des bleuets dans les blés.

V. Hugo, *Orientales,*

Le jour tombe, le gaz s'allume.
Voici l'heure où monsieur Poisson
Va venir demander rançon
A la marmite qu'il écume,
On voit trottiner, dans le soir,
Des marcheuses déguenillées.
Cueillez, cueillez, ô maquillées,
Des michés le long du trottoir!

Psitt ! par ici, vous verrez comme
Chez nous vous serez bien reçu.
Vous paraissez assèz cossu,
Venez par là, mon beau jeune homme !
Là bas, un gaillard à l'œil noir
Attend que vous soyiez payées.
Cueillez, cueillez, ô maquillées
Des michés le long du trottoir !

C'est pendant ce temps-là que Rose
Et son amoureux vont au bois.
— « Ah ! pauvre trotteuse, autrefois,
Ne fis-tu point la même chose ? — »
— « Du sentiment ! va donc t'asseoir ! —
O les baisers sous les feuillées !
Cueillez, cueillez, ô maquillées,
Des michés le long du trottoir !

Oui, c'est l'heure où dans l'atmosphère,
Passent des essaims de baisers.
Jean dit à Rose : « Si j'osais ! »
Il ose, et Rose laisse faire !

Et les dryades, pour les voir
ortent du bois, émerveillées,
Cueillez, cueillez, ô maquillées,
Des michés le long du trottoir !

LESBIANA

N'ai-je pas pour toi, belle juive.

V. HUGO. *Orientales.*

N'ai-je pas pour toi, ma charmante,
Dis-le moi, fait encore assez ?
O ma délicieuse amante,
Toujours quelque ennui té tourmente
Quand tes yeux sont ainsi baissés.

Oh ! regarde-moi, bien en face,
Et réponds-moi très franchement,
Dis-moi, que veux-tu que je fasse ?
— Es-tu jalouse ? Que je chasse
Dès ce soir, mon dernier amant ?

Ah ! tu souris et ta main presse
Plus doucement encor ma main.
Commande, belle enchanteresse.
Puisque tu le veux, ma maîtresse,
Il ne reviendra plus, demain.

Je suis toute à toi, que m'importe,
Lorsque je baise ton front blanc,
Que cet homme soit à ma porte,
Et qu'il m'adore, et qu'il m'apporte
Son cœur à broyer, en tremblant !

Perle !-Diamant ! O fleur pure !
Jure que tes seins adorés

Et tes lèvres, grenade mûre,
Ne subiront pas la souillure
Vile des mâles abhorrés !

Laisse-moi dénouer tes tresses
Et dégrafer tes vêtements,
Pour les extatiques ivresses.
Il nous faut de douces caresses
Et de tendres enlacements !

CRI DE CHASSE

En guerre, les guerriers! Mahomet! Mahomet!

V. Hugo. *Orientales.*

Persilleuses, au bois! Cupidon! Cupidon!
Mettez aux yeux le kohl! au cheval, le bridon,
Partez, confiantes et braves!
Et par les boulevards, et par les verts sentiers
Au superbe galop de vos pur sang altiers,
Allez vaincre les vils esclaves!

A vous l'âme et le corps des hommes abhorrés !
Que Vénus vous protège ! Allez ! Volez ! Montrez,
     Irrésistibles conquérantes,
Vos masques rayonnants d'impudeurs ; en avant !
Et, comme des drapeaux, laissez flotter au vent
     Vos chevelures fulgurantes !

Que vos yeux meurtriers jettent de mauvais sorts
Sur tous les pschutts que vont croiser vos huit-ressorts !
     Courez ! Courez ! Horizontales !
Et vous tiendrez toujours, dans vos fragiles mains,
La ville radieuse, où mènent tous chemins,
     Pari, reine des capitales !

TABLE

370. — Imp. René Brissy, 9 rue de la Fidélité. — Paris.

www.ingramcontent.com/pod-product-compliance
Lightning Source LLC
Chambersburg PA
CBHW060845180626
46818CB00004B/1591